Pourquoi lire des contes ?

Qu'ils soient nés dans l'esprit fécond d'un auteur ou venus du fond des âges et de pays lointains, les contes transmettent une culture, une tradition, ils parlent de nous ; c'est pourquoi ils sont universels.
Comprendre, accepter les autres, mieux se connaître, se laisser porter par la magie des mots : c'est tout cela que les contes offrent.

Depuis 1931, les Albums du Père Castor proposent de merveilleuses histoires illustrées, et créent les classiques de la littérature pour enfants, d'hier et d'aujourd'hui.
Nous perpétuons cette tradition avec les talents d'auteurs de mots et d'images pour le plaisir toujours renouvelé du partage de la lecture...

Dans le ventre du moustique

ISBN : 978-2-0812-1189-6 – ISSN : 1768-2061

Dépôt légal : mars 2008
Imprimé par Pollina, Luçon, France – 03-2016 – L76200a
Éditions Flammarion (n° L.01EJDN000222.C004) – 87, quai Panhard-et-Levassor, 75647 Paris Cedex 13
Loi n° 49-956 du 16 juillet 1949 sur les publications destinées à la jeunesse

Dans le ventre du moustique

Texte de Zemanel
illustré par Maud Legrand

À Madga la sorcière,
Z.

À Marie-Aude,
M. L.

Père Castor ■ Flammarion

« Skrouik, glouik ! » fait le ventre du moustique.
Le soleil va bientôt se coucher
et il n’a toujours rien mangé :
pas de petit déjeuner, pas de déjeuner,
pas de goûter et toujours pas de dîner.

Il tourne en rond depuis le matin sans rien trouver pour calmer sa faim
et il est tellement occupé à chercher à manger
qu'il file tout droit sur une toile d'araignée.

« MIAM ! » se dit l'araignée,
qui elle non plus n'avait pas encore dîné.
« J'aurais préféré un beau papillon bien gras,
mais mon ventre est vide et ça ira très bien comme ça. »

Elle s'apprêtait à le croquer,
quand elle remarqua au-dessus d'elle
l'œil d'un moineau qui l'observait avec envie.

« MIAM ! » se dit l'oiseau,
qui lui non plus n'avait pas encore dîné.
« J'aurais préféré un vermisseau bien gras,
mais mon ventre est vide et ça ira très bien comme ça. »

Il s'apprêtait à la croquer,
quand il remarqua à ses côtés
l'œil d'un serpent qui l'observait avec envie.

« MIAM ! » se dit le serpent,
qui lui non plus n'avait pas encore dîné.
« J'aurais préféré une souris ou bien un rat,
mais mon ventre est vide et ça ira très bien comme ça. »

Il s'apprêtait à le croquer,
quand il remarqua un peu plus bas
l'œil d'un renard qui l'observait avec envie.

« MIAM ! » se dit le renard,
qui lui non plus n'avait pas encore dîné.
« J'aurais préféré un bon poulet ou une oie,
mais mon ventre est vide
et ça ira très bien comme ça. »

Il s'apprêtait à le croquer,
quand il remarqua derrière lui
l'œil d'un loup qui l'observait avec envie.

« MIAM ! » se dit le loup,
qui lui non plus n'avait pas encore dîné.
« J'aurais préféré une chèvre
ou un mouton pour repas,
mais mon ventre est vide
et ça ira très bien comme ça. »

Il s'apprêtait à le croquer,
quand il remarqua devant lui
l'œil d'un ogre qui l'observait avec envie.

« MIAM ! » se dit l'ogre,
qui lui non plus n'avait pas encore dîné.
« J'aurais préféré une grosse vache tachetée
avec une sauce aux petits pois,
mais mon ventre est vide
et ça ira très bien comme ça. »

L'araignée ne bougeait pas.
L'oiseau, le serpent, le renard
et le loup non plus.
Tous avaient peur de se faire avaler.
Le moustique, lui, parvint à s'échapper.
Et, attiré par le sang chaud,
il prit la direction de l'ogre affamé.

L'araignée, voyant l'oiseau paralysé,
en profita pour se cacher.

L'oiseau, voyant le serpent immobilisé,
en profita pour s'envoler.

Le serpent, voyant le renard apeuré,
en profita pour s'éclipser…

Le renard, voyant le loup terrorisé,
en profita pour décamper.

Le loup, voyant l'ogre déconcentré
par le moustique qui venait de le piquer,
en profita pour s'éloigner.

Résultat : ni l'araignée, ni l'oiseau,
ni le serpent, ni le renard, ni le loup,
ni l'ogre ne purent prendre leur dîner.

« Skrouik, glouik ! »
Ce bruit-là ne vient plus du ventre du moustique.
Le soleil s'est couché et lui aussi.
Maintenant il n'a plus rien d'un maigrichon,
car après avoir piqué l'ogre au menton,
il a le ventre rond comme un ballon.

Vous avez aimé cette histoire ?
Découvrez également...

Les Classiques du **Père Castor**

Dans la même collection

n° 25 | **Le premier œuf de Pâques**
Zemanel
ill. Amélie Dufour

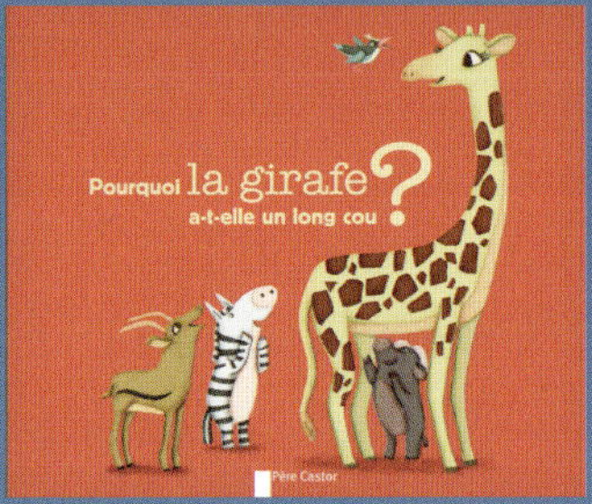

n° 75 | **Pourquoi la girafe a-t-elle un long cou ?**
Albena Ivanovitch-Lair
ill. Maud Legrand

n° 98 | **Perrette et les oiseaux**
Zemanel
d'après Jean de La Fontaine
ill. Pauline Duhamel

n° 30 | **Le loup et l'agneau et 3 autres fables**
Jean de La Fontaine
ill. Sébastien Pelon

n° 42 | **À pas de loup**
Zemanel
ill. Madeleine Brunelet

n° 73 | **Dans la poche du kangourou**
Zemanel
ill. Crescence Bouvarel

Les Classiques du ***Père Castor***

Dans la même collection

n° 33 | **Le petit hérisson partageur**
Zemanel
ill. Vanessa Gautier

n° 87 | **Le souriceau le plus courageux du monde**
Albena Ivanovitch-Lair
et Robert Giraud
ill. Maud Legrand

n° 50 | **La sieste de Moussa**
Zemanel
ill. Madeleine Brunelet

n° 71 | **Gonflée, la grenouille !**
Zemanel
d'après Jean de La Fontaine
ill. Maud Legrand

n° 70 | **Le singe et le crocodile**
Anne Fronsacq
ill. Jess Pauwels

n° 23 | **Pourquoi la mer est salée ?**
Robert Giraud
ill. Nancy Peña